癒しの老話

遠藤トク子

Endo Tokuko

幻冬舎 MC

癒しの老話

口上

　子どものために「童話」があるなら、高齢者のために「老話」があっても良いではないか、そんな想いから「老話」の創作を始めました。

　長い年月を紆余曲折、したたかに年を重ねたであろう高齢者に説教はいらない。くどくど語るには経験が多すぎて何もかも知り尽くし、舐め尽くした人生で必要なのは「癒し」と「死を迎える心得」、取り返すことのできない自分の人生を「これで良かった」と納得することでしょうか。そんな高齢者に寄り添い、心の安堵をともに味わいたいと願っています。

目次

童話が輝く子どもの瞳なら老話は「死神の涙」でしょうか

五十数年前に夜間高校を卒業、卒業時四十人近くいたメンバーも今年の水上温泉でのクラス会は男三人、女五人の計八人だけ。亡くなった人、患って動けない人も多くなった。女性五人は部屋で話に花を咲かせていた。

「敏坊も去年が最後になってしまったね」

「すい臓癌は進行が速いから」

「最近、訃報多くない？　久しぶりに連絡きたら亡くなったって」

「私も医者のはしご。一つ治ったら次どこか悪くなる。薬ばかり飲んで、うんざり。長生きしなくてもいいかなって思っちゃう」

「有名な女優さんが余命半年って宣告されて、いつ死んでもいいって普段は言っていたけど、食中毒で緊急搬送されたとき、今は死にたくないって言ったそうよ」

「聖路加国際病院の日野原先生、百三歳まで現役、百五歳で亡くなったけど、クリスチャンでも『人間は弱い。死ぬのは僕もこわいです』と言ったらしいから。

いくつまで生きればよいということではないかもね」

「もしよ、もし、人間に寿命がなくなって、死なない。ずっと生きているってなったら、どうする？」

四人が一斉に悲鳴を上げた。

「そんなのイヤ！　絶対イヤよ！」

「このまま時間が止まって、成長もしないわけよね？　耐えられない！」

「いつの日か死ぬから、だから今生きていることが素晴らしいんじゃない？」

「死があるから、命は輝いていられるのよ。寿命って、命を繋ぐことかな。きっと」

「死にたくはない。けど、いずれ死ぬのも人生のうちなのかも」

「それでは、多少あちこち痛くても、貴重な今の命を大切に生きようね」

五人とも同じ思いだったみたい。

実はこのとき、部屋の外に死神がいたのです。ふわふわ飛んでいて、五人の大声が聞こえ、そして嫌われ者の死神は涙を流していたのです。死神の存在が命を輝かせていると認めてくれたから。死神の姿は誰にもわからない。でも、なぜか流した涙だけは、美しく光り輝いていたのです。でも皆、自分が死ぬときは死神を嫌悪するでしょうね、きっと。

老話とは死神が流した涙の一滴なのです。

老話

なでしこの里

ここは片田舎の山中の老人ホーム、撫子がきれいに咲き『なでしこの里』と呼ばれていた。お米さんはもう長いこと、ここに暮らしている。今日もホールでのんびり本を読みながら、お茶を飲んでいた。

「大変だ、ここの老人ホームが倒産しちゃった！」

なじみのお千代婆ちゃんが、息せき切って入ってきた。何事かとお米さんが、眼鏡を取って迎えると、

「大変、大変、働いている人みんな出ていっちゃったよ」

お千代婆ちゃんは泣き顔で倒れこんじゃった。

ホールに老人ホームの住人がぞろぞろ入ってきてお米さんを囲む。

「これから、私たちどうなるのかしら」

みんな不安そうだ。

夜になっても誰も帰ってこない。お腹がすいて困ったので、食堂に残っていたお釜のご飯をおにぎりにして、みんなで分け合って食べた。

「私たち身寄りのないものは、ここが最後の家と思って生活してきたからね」

と出るのは愚痴ばかり。

次の日も誰も来ない。このままでは飢え死にしてしまう。ひき売りのおじさんも来週にならないと来ないし、どうしよう。

「下のスーパーまで買い出しに行けないかしら」

お米さんが言いだした。みんな顔を見合わせ、お米さんの言っていることができるのか、このままでは生きていけないし、困った。

「じゃあ、みんな有り金全部出して、売れそうなものがあったら、それもね」

お米さんは強引に言いきった。良い解決方法が見つからないみんなは、しぶしぶながら、お金や首飾りや時計、ブランド物のバッグやスカーフなど小物だけれど高額品を出してきて並べた。

「スーパーまでどうやって行くの、十キロはあるわよ」

「途中、家もあまりないし」

「歩くのは私たちには無理よ」

「配達してくれないかね」

「ネットスーパーとかなんとかいうの。インターネットで注文できるのでしょう。

それなら楽なのに」

次々と疑問は出ても、これという解決策は見つからない。

「誰かパソコンできるって自慢していた人、いたんじゃなかった。やってみてよ」

「お春さんよ」

「そうそうお春さんだわ」

かわいそうにお春さんはパソコンの前に座らされて泣きそうになっている。

「あたし職員の人がやるのを見ていて覚えてしまったって言ったけど、うろ覚えよ」

でもパソコンのスイッチを入れて操作し始めた。

「無理、無理、無理」

お春さんは画面を見ながら悲鳴を上げ始めた。

「諦めない、諦めない」

お米さんは後ろから励まし続ける。でもインターネットが見られるまでには程遠そう。

「私ここに来る前まで車の運転していたのよ」

峰子さんが小さな声で告白したのを、

「車が動かせるなら、買い物に行けるじゃないの」

お米さんは聞き逃さなかった。

峰子さんはおっかなびっくり『なでしこの里』とボディに書かれた車を運転していた。車が急発進して助手席にいたお米さんが叫ぶ。

「ブレーキ、ブレーキ、ブレーキ踏んで！」

大きな悲鳴を上げ、なんとか車はまた動き出し、今度は立木に衝突してしまった。山道をあっちにぶつかり、こっちにぶつかり、中に乗っているお米さんたちもよれよれ、これではいつスーパーに着けるやら。買い物も命がけだわ、ボロボロになった車からお米さんたちが出てきて、スーパーによたよたしながら入っていった。やっと買い物ができたぞ。

スーパーの前に小さな質屋があり、お米さんは、預かった高額品を質草に現金を得た。それから自分のバッグから大事そうに宝石箱の指輪を出した。

「これ、本物のダイヤって、人からいただいたのです。本物って！」

真剣な顔で質屋に見せた。

「ガラス玉じゃないの？　こんな大きなダイヤは長い間質屋をやっているけど、

見たことがないもの」

光にかざして上から下から眺めていたが
「専門の鑑定士に見てもらったほうがいいよ」

と冷たく言う。

ガラス玉とダイヤの区別がつかない質屋なんてとお米さんは内心がっかりしてしまった。

スーパーで買い物ができたことで、みんな少し元気が出てきたようだ。あっちではお料理、こっちでは掃除をしていた。

「誰か和歌さんのオムツ取り換えてあげてよ」「イヤよ、自分だってオムツしているのに」

「良かったね、口だけは達者で」

「自分でできることは自分でやるのよ」

「体が汚れていて気持ち悪い」

「今までやってもらっていたのだから、自分でできるでしょう」

「今までできないからやってもらっていたのでしょう」

「やってみるの、手ぐらいなら自分で拭けるでしょうから」

みんな今までやれなかったことにも少しずつ挑戦し始めた。

「とにかく、この窮状を誰かに訴えなければ、私たちだけでは解決できないわ」

「でも身寄りのない私たちに誰がいるの」

「あんた、自慢の甥が弁護士やっているって言ってなかった」

「ダメ、もう一ヵ月も電話に出ないの」

「マスコミはどう、テレビや新聞なら取り上げてくれるかも」

わいわいがやがやホールで相談していたら、お春さんたちがやっとインターネットが繋がったと大喜び、さっそくマスコミの連絡先を調べ電話したが相手にしてもらえず、いろんな人に絵手紙を出すことにした。

「下手なほうが良いと言っても、こんなに手が震えていたら、読める字が書けないわね」

それでもみんな久しぶりに絵手紙を楽しんで書いた。老人ホームが倒産してしまいました、助けてくださいと何枚も書いた。

絵手紙はたくさん書けたけど、さあて、郵便局まで出しに行くのがひと苦労、また峰子さんの運転で出かけるか思案していたら、ハイキングのカップルが通りかかった。

「そうかハイカーなら来るのだわ」

さっそく、声を掛け、絵手紙を投函してくれるよう頼んでみた。気持ち良く引き受けてくれたお礼にホームのカルチャー教室で作った七宝焼きをあげるとたいそう喜んでくれた。これは発見、人に来てもらうにはカルチャー教室で作ったものが役に立ちそうだ。

倒産してから一週間が過ぎた。なんとか米子さんたちは生きている。自分たちで作る食事は普段呆けていてもけっこうまともにできるものだ、おいしかった。でも誰も来てくれないと心配していたら、大勢人が押し寄せてきた。この老人ホームの借金の取り立てに債権者が何かお金になるものが残っていないか見に来たのだ。

玄関先で老人たちと債権者がもめている。「ここにあるものは私たちの払ったお金で買ったものよ。持っていかれては私たちが生きていけないわ」

車いすの人も、杖をついた人もみんなで債権者を入れまいと並んで抗議した。

「そのうちマスコミが取材に来るわよ。年寄りをいじめると商売に影響すると思うわ」

「弁護士ももうすぐ着くころよ」

お米さんたちは必死だった。

「ババア相手だとやりにくいね。寝覚めが悪いから、今日は帰るか」

債権者たちはとりあえず引き上げていった。

「やった！」

お米さんたちは歓喜の声を上げた。

それからは、バザーを玄関前で開いた。お客さんはハイカーやひき売りのおじさんと少なかったがカルチャー教室で作った物を並べ、時には赤飯やパンなど食べ物も並べた。けっこう好評で気を良くしていたら、今度は電気を止められてしまった。経営者が電気代を滞納していたのだ。真っ暗なうえ、とても寒い。布団にくるまって震えてしまった。

「戦争中を思い出すわね」

ろうそくの明かりに初めてしみじみ話しあった。ホームに入って初めて本音で話せた気がした。

「生き残ったのですもの、今度もがんばってみましょうよ」

みんなでうなずきあった。

真っ暗な老人ホームの建物に照明が当てられた。

「ここのようですが、もう誰もいないのかもしれませんね」

建物の外から人の話す声がする。

お米さんたちは、また債権者が来たかと身構えた。玄関のドアをガチャガチャ開けようとする人がいる。大勢のようだ。

「鍵がかかっていますが、誰か中にいるようですよ」

お米さんが仕方なく玄関のドアの鍵を開けると、急にライトに照らし出された。こんな遅く、近くのイベント取材のついでにとテレビ局のニュース班と新聞社の記者が立ち寄ったという。

照明に浮かび上がったのは、『ここは私たちの命。奪わないで!』『真の債権者は私たち』『助けてください』と書かれた段ボールのプラカードを掲げた老人ホームの住人だった。

カメラのフラッシュが焚かれ、昼間のように明るくなった。翌日の新聞やテレビで『倒産した老人ホームに、どっこい踏ん張る高齢者』とでかでかと報道され、『なでしこの里』の電気も復旧した。

マスコミの報道で、今まで働いていた従業員の何人かが戻ってきてくれ、弁護士の甥も駆けつけてくれた。でも経営者がいない。このままでは老人ホームを閉めてみんな出ていかなければならないと困り果てたとき、お米さんの携帯が鳴った。

「えっ、三千万円で売れた！」

お米さんは飛び上がった。質屋さんがネットオークションにダイヤを出してくれて、三千万円で落札されたという連絡だった。

「死んだ亭主が『アフリカで俺が掘ったダイヤモンドだから本物だよ』ってお土産にくれたもの。大ほら吹きで好き勝手に生きた人だったから、信じちゃいなかった。でも本物だった」

と涙ぐんだ。

『なでしこの里』はお米さんが新しい出資者で、ボランティア団体も加わり再スタートすることになった。自分でできることは自分でやってみる、自分でやれたらご褒美も出る、カルチャー教室で作ったものはバザーで安く売る、新しいやり方の老人ホームで、みんな自信を取り戻したみたい。良かった、良かった。七十代、八十代、人生まだまだこれからだ。

空飛ぶベッド

お浜ばあちゃんは、自分の余命がもはやもう長くないことを感じていた。死ぬのは怖くはないが、働きづめの人生でどこにも出かけられず、欲をいえば一度くらい旅をしてみたかった。老人ホームの人はみな親切だったが、お浜ばあちゃんはもう諦めてお迎えが来るのをじっと待っていた。

ある晩、窓が開いているわけでもないのにさっと風が吹いて、ベッドのわきには青年が立っていた。

「お迎えに来ましたよ」

青年の耳は犬の耳でしっぽもはえていた。

「神様も手薄かね、犬のお迎えとは」

お浜ばあちゃんは目を丸くした。

「チロに頼まれました」

青年は優しく答え、

「私はチロに一目惚れして、こんな姿にされてしまいました。犬の世界は身分違いの恋愛はご法度なのです」

　と奇妙な姿のいわれを話してお浜ばあちゃんを安心させた。

「そうかい、チロは外に繋いでおいたからね。一年もしないうちに春秋と二度も出産をして、フィラリアにもかかってやせ細り、短い命だった。かわいそうなことをした」

　思い出して涙ぐんだ。

「天国にご案内しますが、その前に思い残していることはありませんか」

　青年は尋ねた。お浜ばあちゃんはゆっくり考えて言ってみることにした。

「冥土の土産に旅がしたかったね」

　青年はこくりとうなずいて、お浜ばあちゃんの肩に手をかけた。

「チロから最後の願いを叶えてあげてほしいと言付かってきました。時間がないので、さあ行きましょう」

　音もなく老人ホームの窓が開き、お浜ばあちゃんはベッドごとふわっと浮かび上がり静かに夜の外に出た。夜はいつの間にか朝になり、お浜ばあちゃんのベッドは海原の上を飛んでいた。海では大きなクジラが潮を噴き上げていた。初めて見たクジラにお浜ばあちゃんは大喜びした。

「あれは、深い海から浮き上がってきたクジラのため息なんですよ」

青年がさりげなく旅の案内をしてくれる
「クジラなりに思い悩むことがあったんだろうね」

お浜ばあちゃんはしんみりうなずいた。

ベッドは小さな島の上を飛んでいた。島には海に向かって半身の巨大な石像がたくさん並べられていた。

「イースター島のモアイ像です。島の人間は守り神をたくさん作りすぎてその運搬用に森林をすべて切り倒したため島から森がなくなってしまったといわれていますが」

「つらい話だが、でもモアイ像には罪はなかろう」

青年の話にお浜ばあちゃんは、モアイ像の頭のてっぺんをなぜなぜした。

音楽が賑やかに聞こえる暑い島にベッドは降りてきた。広場では年寄りも若者も楽しげに踊っている。

「ここはキューバのハバナです。ボサノバやサルサを踊って一日の疲れを癒しているんです。ここの人たちはあくせく働くことをしません。人生を楽しむのが上手なのです」

青年はお浜ばあちゃんをベッドから抱きかかえ、立たせた。あら不思議、お浜ばあちゃんは自分の力で動き出し、青年とボサノバやサルサを踊りだした。

「人生ってこんなに楽しいものだったんだね」

お浜ばあちゃんは有頂天だった。

踊り疲れてお浜ばあちゃんはベッドでスヤスヤ眠っていた。ベッドは海を越え草原の上を飛んでいた。

「起きてください。アフリカに着きました。動物たちがたくさんいますよ」

お浜ばあちゃんはゆっくり起き上がり、ベッドの下を覗いて驚いた。ヌーやシマウマ、トムソンガゼルが悠然と暮らしている。

「動物園と違ってなぜか幸せそうだね。生き生きしているわ」

ベッドは地上すれすれをゆっくり飛んだ。すると夏なのに雪を抱く高い山が見えてきた。

「ここは地球の裂け目です。人間はここから世界各地に渡っていったといわれています。遺伝子を調べたところ、世界の人類はすべてアフリカの一人の女性の子孫だとわかったそうです。その女性をミトコンドリア・イヴと呼んでいるんですよ」

お浜ばあちゃんはうなずきながら感心して聞いていた。博物館の中にベッドはすーっと入って行った。

「人類最古の足跡が発見され、大きな足跡のわきに小さな足跡が並んでいるでしょう」

青年が指さすとお浜ばあちゃんは足跡のレプリカをしみじみ眺めて言った。

「親子だね、なんと微笑ましい。仲良く歩く姿が目に浮かんでくるようだね」

ベッドは暗闇の中を飛んでいた。寒くなってきたので、青年は布団をぐるぐるとお浜ばあちゃんに巻きつけた。

「空を見上げてください。オーロラです」

緑のカーテンが空いっぱいに広がり天女の舞を繰り広げている。かすかに音楽も聞こえてきたような気がした。

「妖精たちが歌っているのです。オーロラは太陽の陽炎です。太陽が元気ならオーロラもたくさん出るのです」

お浜ばあちゃんは凍える手を合わせオーロラを拝んだ。

「おてんとうさまは偉いねえ。こんな美しいものもお創りになる」

ベッドは砂漠の上を飛んでいた。

「ここが、旅の最後です」

青年は砂山以外何も見えない砂漠の向こうにあるオアシスを指さし、終わりを伝えた。

「砂漠には余分なものは一切ありません。太陽と砂、ここに水があればオアシスです。小鳥や動物も住んでいます。砂漠に井戸を掘り森を作ろうと木を植える人たちもいるんですよ。緑の長城を築きたいと願っているのです」

ベッドはオアシスに降りてきた。

「オアシスの水を飲んでみようかね」

そう言うとお浜ばあちゃんはおいしそうにコップ一杯の水を一気に飲み干し、そして優しく微笑んだ。

「思い残すことはなくなった。さあ、私を天国に案内しておくれ」

河童の屁

与作爺さんは腰も曲がり杖をつかないと歩けない年寄りだ。腰は曲がっていても与作爺さんは畑仕事をやめない。今日もりっぱにできたきゅうりを氏神様にお供えした帰りだった。

ちょろちょろ流れる名もない小さな川の橋のたもとまで来ると、与作爺さんはなぜかいつももよおし、そこから川に向かってしょんべんをするのがきまりだった。

「ピンピンコロリン、ピンコロリン。今年のきゅうりもまあまあの出来、氏神様もきっと満足してくれたじゃろう。ピンコロリンと」

実にしょんべんは気持ち良く出て、さあ帰ろうかとしたところ

「おいらの頭にしょんべんかかったぞ。お皿がくさくなっちまう」

と草むらから声がした。

老眼の目を瞬いてよく見ると蕗の葉っぱの裏に河童が隠れていた。

与作爺さんは、

「なんじゃお前、河童か」

と目玉をむいた。

河童は蕗の葉の上に登ってきて聞いてきた。

「爺さんは河童を見るのは初めてかい」

「おお、初めてじゃやが、お前かわゆいのう」

河童は目玉をくりくりさせて喜んだ。

「ところでピンピンピンピンコロリンって何さ。うまいものかい？」

それを聞いた与作爺さんは大笑いをし
「ピンピンコロリンは喰えんなあ。じいの最後の願いだよ。生きているうちは元気にピンピンピン働いて、死ぬときは長患いをせずコロリンと逝きたいと思ってな」

と話すと河童も笑った。

「人間は難しいことを考えるんだね。河童は先のことは何も考えないんだよ」

二人は夕暮れ近くの空を見ながら、川っぺりに並んで腰をおろした。

「きゅうりは好物かな」

与作爺さんが腰の袋からきゅうりを差し出すと、

「河童はきゅうりが好物だと思われているけど、本当は人間の願いを乗せた流れ星を食べてるんだ。それにおいらは幻だから見える人にしか見えないんだよ」と謎を明かした。もちろん与作爺さんにはかわいい河童がしっかり見えた。すると、河童は人間の心の隙間に住み、もう長いこと生き続けていて、人間のような寿命はない、河童は人間のささやかな願い事を叶えてあげるために生きているんだと説明し、与作爺さんにもささやかな願いごとを叶えてあげると言った。

「死んだ母ちゃんにもう一度会ってみたいものだ」

与作爺さんが頼むと、河童はおなかをなぜ、お尻を持ち上げて、プーッと屁をした。と尻からシャボン玉のような軽やかなきらきらした玉が出てきて、河童の掌に乗った。何か玉に映っていた。

玉に映っていたのは、子どものころの与作爺さんで、母ちゃんを迎えに土手を一生懸命走っていたが、けつまずいて顔から転んでしまった。わあわあ泣き続ける与作爺さんに駆け寄った母ちゃんは、手拭いで与作爺さんの顔を拭いてやり、目に入った泥を母ちゃんの舌でペロペロと舐め、もう大丈夫というように頭をなぜた。

母ちゃんの優しさを思い出した与作爺さんは、涙をためて喜んだ。

「天国はどんなところじゃろか、見ておきたいものだ」

と与作爺さんはもう一つだけお願いしてみた。

玉に映ったのは、まっ白い雲ばかり、与作爺さんはがっかりした。とそよ風が吹いてきて、雲が切れ始めた。するとそこは色とりどりの花が咲く楽園のようなところが映っていた。

河童は優しい目を与作爺さんに向けなぐさめた。

「これは心の中にしか存在しない幻だよ。天国も思う人によって変わるんだ。楽しいところだと思える人は、きっときれいな天国へ行けるよ」

「やれやれずいぶん暗くなった。帰らないと息子の嫁がうるさいでな」

と与作爺さんは腰を上げた。

「道が暗くなってきたので、灯をあげる」

河童がお腹をなぜるとピロピロと変な音のする屁をした。と河童のお尻からたくさんの蛍がふあふあと飛び出してきて、与作爺さんの足元を照らしてくれた。与作爺さんの周りはたくさんの蛍の光でぼんやり明るくなった。

河童に別れを告げ「ピンピンコロリピンコロリ」と独り言を言いながら与作爺さんは歩き始めた。すると遠くから自転車に乗った女の人が、怒鳴りながら懸命に走ってくる。

「おじいちゃーん。遅いんで心配したじゃないの」

お嫁さんが捜しに来たのだ。

「河童がね」

と与作爺さんが一言いうと、

「また呆けてるの。しっかりしてよ。さあ帰りましょう」

とお嫁さんは何も聞かずに、一緒に帰ったとさ。おしまい。

最後の女

まだ初夏のころでこれから暑くなろうという時期、お松さんは十条の焼鳥屋「鳥忠」で家政婦として、働き始めた。「鳥忠」の近くに、大きなスーパーができ、安いと評判で、開店当初から繁盛していた。

「鳥忠」の売り上げは、それほど減ったわけではなかったが、以前のような活気はなく、若夫婦は気をもんでいる。大旦那が高齢ながら元気で、夏祭りを前に、祭り装束で身繕いし鰻をさばいていた。「鳥忠」は代々鰻屋だったが、大旦那の時代に焼き鳥を始め、それが時代に乗って、今の店まで大きくしてきた。

「私は田舎者だから、東京の暮らし向きはよくわからない。一つひとつ教えてくださいね」

お松さんは若奥さんにお願いした。

炊事、洗濯、掃除と家政婦のやる仕事は決まっている。若夫婦の子どもはもう大学生だったので、もっぱら大旦那の世話が多くなった。大旦那は元気とはいえ、着替えの手伝いや風呂の世話、食事を一緒になどとけっこう手がかかった。

ある日、大旦那が仕事中に指を切ってしまった。

「職人が手を怪我するなんて、こんなことは若いときにはなかった。俺も年だね。イヤだ、イヤだ、年は取りたくない」

お松さんに手当てをしてもらいながらしきりに嘆く。

「チチン、プイプイ、この指治れ」

お松さんがおまじないをしてあげると
「子どもに還ったようだ」

大旦那は大笑いして喜んだ。

昼食を一緒に取りながら、いつもより話が弾む。

「あんたの味噌汁はうまい。昔の味がする」

「大旦那さんはお若いわ。粋でいなせで、都会の人はちがうわね、気が利いてお洒落だもの」

「女房に先立たれてからは、話相手もいない。悪い奴じゃなかったが、気が強くて。この店もあいつが大きくしたようなものさ」

「気の強さでは私も引けを取りませんけどね。私の亭主はいい人でしたよ」

二人は身の上話を楽しそうにしていた。

お店の定休日、二人は近くの公園まで散歩に来て、途中でタイ焼きを買いベンチに腰掛け一緒に食べた。

「私、これが好物なのよ」

「あんたは何でもおいしそうに食べる。そんなところも好きだよ」

大旦那は目を細めてお松さんを見る。

「田舎者のおばあちゃんをからかわないで。野良仕事ばかりしてきた私のどこにそんな魅力がありますか」

「目がね、目が何かを問いかけてくるのさ。最初に会ったときからそう思っていたよ」

「大旦那の粋なところは本物だから。鰻をさばく姿は、ほれぼれしますよ」

「俺もこの年まで、いろんな女と付き合ってきたが、でもあんたが最後の女だ、大事にしたい」

二人はお互いの気持ちを若者のように告白しあった
二人が店に戻ると休みのはずの店の中からどなり声がする。

「新任だか着任だか知らないが、あいさつ回りなど、こちとら大きな迷惑なんだ。スーパーのおかげで、客足はさっぱりよ」

相手の襟首もつかもうかの剣幕で、若旦那が怒っている。

「どこの店で買うか、選ぶのはお客様でしょう」

相手も相手で負けずに言い返す。

店内に足を踏み入れたお松さんはびっくり、そこに自分の息子がいた。

「おまえ、なぜここに？」

「母さんこそどうして？」

普段から忙しい息子とゆっくり話のできないお松さんは、どこで働いているか詳しく話してこなかったし、息子の人事異動も知らずにいた。とんでもない事に巻き込まれたようだ。

若旦那は定休日なのに、なぜお松さんがいるのか疑問を持ち、大旦那を問いただすので、大旦那が二人は好きあっているので付き合いを認めてくれないかと頼んだ。

「とんでもない、この店はまだおやじの名義なんだぜ。財産目当てで結婚でもしようというのか」

話はどんどん大きくなっていく。

「財産目当て！　そこまで言う。いい年をして色恋なんて、みっともない。色目を使ったのはそっちの爺だろう。母さん、こんな店辞めてさっさと帰ろう。二度と来ないからな！」

息子はお松さんの手を強引に引っ張って、外に出ようとした。若旦那が塩をつかんで撒こうとするのを、大旦那が止めた。

「商売人がそんな短気なことをするもんじゃねえ」

ドスの利いた声に若旦那の手が止まったそのとき、大旦那は胸を押さえて、その場に倒れこんでしまった。喧嘩どころではない、大旦那は救急車で運ばれ、お松さんは若旦那から疫病神扱いされ、泣く泣くそのまま帰ってきた。

幸い大旦那の病状は軽く、狭心症の後遺症もなく無事退院、一週間後には店先にも出られるようになった。でもどこか元気がない。とさっきから店の前を行ったり来たりする女性がいた。二度、三度と心配げに店の中を覗き込む。やっと大旦那が女性に気がついた。お松さんだ。

大旦那は焼き途中の鰻をほっぽり出し、店を飛び出してきた。鰻の煙がもうもうと上がってきたのにもかまわず大旦那はお松さんの手を引っ張って、どんどん駆け出していく。近くの稲荷神社の境内に二人はいた。しきりと大旦那がお松さんを説得している。そのうちお松さんもその気になったようで嬉しそうにうなずいていた。

七月も半ばを過ぎ、週末には土用の丑の日で鰻屋にとっては書き入れどき、若旦那は気合を入れて鰻をたくさん仕入れた。でも大旦那の様子が少し変。店先に座ってはいるものの少しも仕事がはかどらない。いつものように粋に祭り装束に身を固めていたが、背中に何か紙が貼ってある。なんと『スト決行中、自由を我らに』と書かれている。

「蒲焼三枚ちょうだい」

お客さんが入って来た。

「悪いねえ、今日は蒲焼ないんですよ」

大旦那は断ってしまった。

「イヤだ、こんなに鰻あるじゃないの。少しくらいなら待つわよ」

「いえいえ、これは全部予約が入っていまして」

「ええっ、そうなの、じゃスーパーで買うわよ」

お客さんは怒って帰ってしまった。

「予約なんて入ってないだろう」

聞きつけた若旦那が飛んできた。

「お松ってとこから全部予約が入ってね」

大旦那、背中を見ろと指さして、知らんふりを決め込む。

「土用の丑は一年の半分を稼ぐんだ。おやじ勘弁してくれよ」

うずたかく積まれた桶の中には鰻がいっぱい、若旦那は頭を抱え込んでしまった。

こちらはお松さんの家、もう九時過ぎだというのに掃除も洗濯もせず、テレビの前でお煎餅ポリポリ、大声上げて笑って観ている。と、二階から息子がパジャマ姿でドタバタと降りてきた。

「母さん、なんで起こしてくれないんだ。今日はセールの初日だから、遅刻できないのに」

お松さんニヤッと笑って指さした。そこには長箒が逆さに立てかけてあり、大きな紙が貼られている。『要求貫徹、スト決行中、早く嫁もらえ』と書かれていた。

「クリーニングしたワイシャツどこ？」

「自分で取りに行きなさい。スト決行中よ」「ああ、もう間に合わない、どうしようよう、どうしよう」

新任の店長さん、髪もバサバサ、よれよれのまま家を出て行ったよ、かわいそうに。

暑い日差しが照る夏の日、十条駅の改札口に二人はいた。

「今日のために浴衣、新調しちゃったの」

「浴衣姿もいいねえ、よく似合っているよ」

「恥ずかしい。大旦那の帽子おニューなの？　何着てもよく映るわね」

「大旦那はよしてくれ、二人はカップルなんだぜ」

「それでは、『お友だち付き合いから』ということで、よろしくお願いします」

なんとなく、恥ずかしい二人、でも幸せなのですよね。お店の名義は若旦那に書き換え、お松さんの息子さんのお見合い話も順調のようだし、二人とも諦めずにがんばった甲斐がありましたね。

これから浅草の浅草寺に出かけるお二人。お松さんは東京に詳しくないから、大旦那が案内役ね。渋い恋でも恋は恋、いくつになっても青春はある、惚れた者が勝ちということですかね。なんと、お松さんの日傘で相合傘、改札に向かって歩いて行きました。

よ、ご両人！

福寿草

おハルさんには孫もひ孫もたくさんいる。元気な子もいれば、障がいを持って生まれたかわいそうな子もいたが『生きているだけで丸もうけなのだわ』と決してそのことを悲観したりしなかった。八十歳になるおハルさんはいっぱい苦労してきたから、いつまでも同じ苦労は続かない、きっと明るい希望が見えてくる日が来ると、達観できていた。

おハルさんは昔から手先が器用で、何でも自分でこしらえてしまう。ちょっとした布生地があればドレスやブラウスなど、とてもセンス良く作った。でも農家の嫁になり、農作業でとてもそんな暇はない。若いうちは好きな裁縫もほとんどできずに過ごした。

それでも、それに愚痴も言わず、畑仕事が終わると、山野に咲く野草や草花を摘み、小枝を折り、持ち帰って押花にした。おハルさんが押花を丁寧に画用紙に並べていくと、平凡な押花が一枚の絵になり、自然がよみがえり、風がさわさわと吹き、小鳥の声さえ聞こえてきそうな作品になった。おハルさんは自然が好きだった。春には山菜、秋には山ブドウを採り、塩漬けやワインを手作りした。

そんな忙しいおハルさんも最近では息子の世代になり、おハルさんの畑仕事も減り、合間にパッチワークも楽しめるようになった。手提げや、座布団カバーなど配色良くお洒落に作って、知り合いにプレゼントして喜ばれていた。古い着物地を組み合わせ、畑仕事が終わると、パッチワークを作るのがとても楽しみになっていた。

春遅い北海道、三月も過ぎようとしているのに山に雪は残っていたが、南側の樹の根元の雪は消え、土がほっこり顔をのぞかせ、福寿草が芽を出す。ネコヤナギもかわいい花を咲かす。おハルさんはこの季節が大好きで、ポンコツの愛車を運転して山に入ってみる。

ネコヤナギは咲いていたが、福寿草は幼い芽を出したばかりだ。もう少し待ってから採りに来ようかと思案していた。すると福寿草が芽を出した樹の根元近くにスキーが転がっている。なんでこんなところに、誰が捨てたのだろうと引っ張ってみると、なんと人が気を失って倒れていた。おハルさんはびっくりぎょうてん、なにがなんだかわからないけれど、雪をかきわけ掘り起こし、大きな声で叫んでみた。

「大丈夫かね！」

するとと、痛そうにうなり声を出したのは、金髪の青い目をした青年だった。

「生きているよ！」

おハルさんは青年の顔を叩き、雪を払い、起こそうとしたが、骨折しているようで動けない。おハルさんは、車から雪そりを出してきて青年をどうにか雪そりに乗せようとした。「私はもう八十歳なのだから、こんなことはね、無理なのだよ。若いころは力仕事で男に負けたことはなかったけどね。でもあんたは重いよ」

雪で傾斜をつくり、そりごと車に乗せようとした。

「サンキュー。ありがとう、ございます」

意識を取り戻した青年は声を発した。

「気がついたのかい。雪崩にやられたね。手が動くなら、このロープにつかまって、そりごと車に乗せるから」

なんとか車に乗せることに成功した。

「私の運転では心配だろうけどね。病院までがんばるのだよ」

「ダイジョウブ、うーん……イタイ！　デス」

青年は我慢しながらも、うなっていた。雪道をおハルさんはおろおろ走り、やっと村に一つしかない病院についた。

青年は骨折や打撲をしていたが命に別条はなかった。病院ではおハルさんが一人で救出してきたことに驚き、話題になった。青年はイギリス・ロンドンからの留学生で春の山スキーに一人で出かけ、雪崩にあったらしい。

入院中、おハルさんは福寿草を鉢に入れて届けたり、手作りのワインをご馳走したりした。青年は日本での留学を終え、今年の春には帰国の予定で、帰国前に大好きな北海道の自然の中で最後のスキーを満喫したかったという。そして、ロンドンに帰国したら、日本とイギリスの旅行会社を自分で立ち上げたいという。

「日本のおばあちゃんに何かプレゼントしたい」

青年は新しい携帯電話をおハルさんに手渡し

「この番号を押せば、ロンドンの私に繋がります」

おハルさんは自分の携帯電話を嬉しく思い、お返しに押し花の絵をプレゼントした。

「あなたの旅行会社が成功しますように、心から祈っています。大好きな北海道を忘れないでくださいね」

別れを惜しんでおハルさんが言うと青年は大きくうなずき、おハルさんをしっかり抱きしめた。

「あなたの孫がロンドンにいると思ってください、アイ・ラブ・ユー」

とおハルさんの小さな肩に顔をうずめた。

「外人さんのあいさつも良いものだね。とってもあったかい腕の中だったよ」

初めてハグされたおハルさんは恥ずかしそうにほほ笑んだ。

ひ孫がおハルさんの耳元で囁く。

「そういうときはね。ユー・ツー、私もって返すものだよ」

青年はロンドンに帰り、各国を旅行中だ。旅行先から、世界の珍しい布地が送られてくる。おハルさんのパッチワークの材料が増えた。青年が事業に成功して、また北海道に来たとき、今度は彼にジャケットを縫ってプレゼントしてあげようと、準備している。

好きな裁縫をしながら、ときどき青年の腕の中に抱かれたハグを思い出す。子どものころ父の懐に抱かれ、胸の鼓動が伝わってきた、あのぬくもりに似ていた。いくつになってもラブは素晴らしい。

おじいさんの手押し車

介護用品にショッピングカートというのがある。高齢の女性がよく押して歩く手押し車だ。

杖を使うより歩きやすく、荷物を収納できるケースがついていて、疲れたときは座椅子になる。何より、足腰が弱って歩行が困難になってきている人には、体重をかけても体を支えてくれ、自然に足が前に出て、容易に歩くことができる。

歩行ができればリハビリにもなり、痛い足腰が少しずつ鍛えられる。体を動かすことが何よりの薬なのだ。買い物にも気やすく行くことが可能になる。

高齢者には大変おすすめなのだが、なぜか、この手押し車を使って歩く男性はほとんど見かけない。手押し車の便利さを知らないのか、不自由な体なのに杖で歩いている。

杖は両手に二本使えばバランスがとれるが、それも恥ずかしいのだろう。多分、男性のプライドが手押し車を拒否して、杖に頼るのだろうか。

竹八さんは九十歳をとうに超えていた。春日和の昼下がり、今日も手押し車を使い、近所のスーパーまで出かけるところだ。年を取ってもたいそう元気だ。

竹八さんは、便利なものは便利と受け入れる。男のプライド云々という気はなく、現実に楽なものがあれば拒む理由はない。楽なほうが良いに決まっている。まったく抵抗はない。

近所の友人が杖を突いて散歩に出るところに出くわし、手押し車を勧めてみた。

「杖を突くより、なんぼか楽だ。高いものじゃないから、使ってみらっしゃい」

「そんなババア臭いもの、使えるか！」

どうも素直に受け入れてもらえなかったらしい。放っておいてくれとばかりに、その友人は不自由な足で散歩に出かけたが、ついに転んでしまい、もう立ち上がれなかった。竹八さんにしてみれば親切心で教えてあげたのに、激怒されるとは、思ってもみなかった。

竹八さんは明るい性格で、おしゃべりが大好き、どんな人ともすぐ親しくなれる。悪意がないので、竹八さんのおしゃべりは相手を和ませてくれた。町内の広報マン、わからないことは竹八さんに聞け、すぐわかるといわれていて、人の近況から猫の子一匹まで、知らないことはなかった。

孫は所帯を持ち、奥さんは五年前に亡くなっていた。娘や孫たちは生活のために仕事をしている。今どきは昔と違い、若者でも簡単にリストラされ、不景気で正社員になっても給料は安いまま。

竹八さんは貧しい農家に生まれ、尋常小学校もまともに通えず、畑仕事に、冬は炭焼きと親の手伝いで子ども時代を過ごした。鍛冶屋に奉公した後、召集され戦争にも行き、戦後も家族を養うため、炭坑やタイヤ工場と過酷な労働に耐えた。定年を延長してがんばったから年金と軍人恩給はしっかりもらえたが。

竹八さんは体を動かすことを、今もいとわない。九十歳を超えてからはさすがに畑仕事はやめたが、家族の食事は今も竹八さんが作っている。

「男子、厨房に入るべからず」

世の亭主族は定年退職しても、家の中でゴロゴロ。縦のものを横にもしない。奥さんが出かけようものならあわてて訊く。

「俺の昼飯はどうするんだ!」

呆れた奥さんにカップラーメンを一個ポンと渡され、まさに粗大ごみと疎まれる。

竹八さんは調理を楽しむ。おいしいものが好きなのだ。

時々訪れる孫たちに手作りの料理を持たせて帰すのが竹八さんの楽しみ。孫たちに自分と同じ苦労をさせたくない。喜んで受け取る孫の顔がたまらなくうれしい。

孫が都合で来られなくなったときは、たくさん作った手料理を近所の皆さんにおすそ分けする。

「イヤだぁ！　六十代の私たちが、九十代の竹八さんから、ごちそうになるのは逆でしょう！」

ご近所の奥さんたちは驚き恐縮するが、ありがたくいただく。と、竹八さんのお料理はこれまたおいしい！

手を抜かず、お手本通りに、丁寧に作られていて、煮物、天ぷら、カレー、混ぜご飯、手打ちうどんといただくたびに、料理は様々、まったく主婦顔負けの出来栄えなのである。

竹八さんは若いころは「どじ！」「のろま！」と親方から怒鳴られ、仲間からも不器用な奴とは組みたくないと敬遠された。それでも愚直にがんばり、人付き合いも良く、話好きなことで、愚図な奴だが憎めないと、仲間外れにされずに生きてきた。

年を取るとますますその性格に磨きがかかり、わずか数百メートルの買い物の道のりでも、あちらの奥さん、こちらの爺さんと次々と話相手と会い、おしゃべりに花が咲く。

スーパーの店員さんとも顔なじみ。

「良い筍を取り寄せておきましたよ」

今日も威勢の良い声を掛けられる。今夜は筍ご飯にしようか、手押し車のかごには材料もしっかり入っている。

帰り道の途中、少々疲れて手押し車に腰を掛け、日向ぼっこをする。そよ風が吹いて気持ち良い。すると、自転車の男性が竹八さんのところで止まり、立ち話が始まる。

「へえっそうかい、それは知らなかったねえ」

新しい話のネタが増えていく。

のどかな春の午後、穏やかに時が過ぎてゆく。きっと百歳を過ぎても元気に手押し車を使って買い物に行くことだろう。竹八さんはご近所のアイドルだ。その生き方上手に、老いても竹八さんのように明るく生きたいものだと、皆が憧れの目で見ているのである。

長寿銭

生きるということは苦行である。この苦しみを誰かに受け止めてもらいたい、が誰にも理解されない。大往生と他人は言うけれど、簡単に往生なんてできない。自分が少しずつ枯れていくのを知りつつ生き続けることは苦行以外の何物でもない。

ミチさんは九十九歳の長寿を全うして、この夏亡くなった。長患いもすることなく、朝ご飯を食べ、少し横になっていて、静かにそのまま逝ってしまった。死ぬのを忘れてしまったかと思えるほど元気な人だったから周りの人はミチさんの長寿をうらやましがっていた。百歳を目前に亡くなったミチさんは「ピンピンコロリ」のお手本のようだと、長寿銭のお祝い袋が用意された。

ミチさんは古寺の内儀で人の出入りが多く、若いころは奥の切り盛りはすべて引き受けてこなしてきた。檀家の管理から、寺の維持、清掃、裏方の仕事は大変だった。幼いころに両親を亡くしたミチさんは泣いて帰る実家もなかった。どんなにつらい思いをしても、泣き言を聞いてくれる身内はいない。姑はできた人だったが、それだけ嫁のしつけは厳しく、ミチさんのやることに褒めの言葉は、ついぞ出なかった。

夫の知念は自分の世界に入り、修行に精を出していたから、家事や世事のことは心に留めなかった。そんな中、ミチさんは一人がんばる癖がつき、喉元まで出そうになった愚痴を呑み込んで生きてきた。そして、自分が姑の享年を越えたとき、箍《たが》が外れたようにミチさんは壊れてしまった。息子の嫁が自分にそっくりに映ったのだ。

ミチさんは、ただただ生かされている時間が嫌だった。しかしこれと言って楽しみもない。身体だけは至って健康、しかし寄る年波には勝てず、古希を過ぎ傘寿も過ぎると一日何もせず人形のように座っている。仕事は若い人で充分だし、ミチさんの認知症も進み、任せられることがなくなっていた。

「姥捨て山に連れていけ！」

「放り出してくれ！」

これが晩年のミチさんの罵詈雑言になった。それは自分にそっくりな嫁のハナにぶつけられ、悪態をついた。ミチさんは自分の余命を持て余していた。早くあの世に逝って楽になりたい、長寿を望んではいなかった。結果ここまで生きてしまった。しかし自死する勇気も体力もなく、ハナに当たり甘えていた。それは幼いころ叶わなかった駄々っ子のような甘えで、解決の糸口は見つからない。ミチさんは子どもに返ってしまったのだ。

取り戻せない年月とこれから先どのくらい生きられるのか、あまりに自分を抑えて優等生で生きてきたので、自分を表現できない。ハナに辛く当たり始め、当たられるハナはたまったものではない。ミチさんがハナに当たり散らすのはいつも二人きりのときで、息子や客の前では『好々婆』さんだった。たまりかねたハナが家を出ようとすると、ミチさんは泣いて懇願する。

「お母さんごめんなさい、いい子にするから置いていかないで」

ハナも姑が子ども返りをしてしまったのだと理解して優しい言葉をかけると

「さあ殺せ！」

鬼の形相で喚きだす。こうしたミチさんを始終相手にしていては、ついにハナも体調を崩し入院してしまった。それでもミチさんの状況は良くなることはなく、ハナが落ち着いて家に帰って来ると、また罵られるような毎日だった。

そんなことを繰り返すうち、ミチさんは旅立った。ハナは長寿銭の袋詰めをしながら思った。「長生きもほどほどにしておこう、人生を楽しむことをまず身に着けなきゃ、いつお迎えが来るのかなんてしょせんわからない。あの世に逝くとき『楽しい人生だった』と納得して逝きたい」と。

「これはお義母さんが私に遺してくれた貴重な教え、これからの自分の人生を大切に生きていきますね」

ミチさんの葬儀は長寿銭の袋が足りなくなるほど、たくさんの弔問客で、賑やかな野辺の送りとなった。

わかっていても人生はままならない。ミチさんの息子も病であっけなく逝き、ハナも年齢を一つひとつ重ねて姑の享年に近づく。早朝から散歩に出かけ、足腰を鍛える。人付き合いも誘われればできるだけ断らずに参加する。わずかながら野菜も作っている。今のところ健康は維持できているが、年相応にガタはきている。

老いることや患うことに不安がないわけではないが、姑のことを思い出し、一度だけの人生、今を楽しまなければ。自転車のペダルを元気良く踏み、今日の講和のテーマは何かしら？　若い講師はイケメンだし、ちょっと楽しみと胸をときめかせてみる。生きる楽しみはお蚕《かいこ》さんのように自分で紡ぎだしていくものかもしれない。吹いてくる風に負けないようハナは力いっぱい自転車をこぎ続けた。

夢のかなた

源蔵さんは重い病気で、もう少ししか生きられないと自覚していた。若いころから人一倍の働き者で、広大な荒れ地を開墾、ひとかどの農家になっていた。が、生活は相変わらず苦しく、貧乏暮らしをしいられている。

それでも源蔵さんには夢があった。北の大地でも充分に農業で豊かな生活ができ、自然を大切にした、多角的大規模農園を経営すること。あたり一面黄金色の麦の穂が揺れ、ジャガイモの花が咲き、たくさんの豆が実っている。家族にもお金で苦労はさせたくない。それがこれまで源蔵さんががんばるために描いていた夢だった。だから夢半ばで死ななければならない運命に絶望した。

そこでさんざん考えたあげく、あらゆる神仏にお祈りをして、死後幽霊になってでも、自分の残した田畑がどうなるのか見定めたいと願った。神仏は相談の上、死後二十年たったら、幽霊でこの世に化けて出られることを源蔵さんに約束した。

死んでしまえば二十年なんて、アッという間に過ぎ去って行った。

源蔵さんには二人の息子がいた。長男は学校の成績も良く、社交的で友だちも多かったが、次男は愚図で何かにつけ源蔵さんを悩ませていた。死ぬ前、源蔵さんは残される財産を兄弟二人に平等に分け、夢を語り、遺志を継いでくれるように頼んだ。

源蔵さんの死後、長男は残された財産で土地を広げ、二十年後には農園からゴルフ場に姿を変えていた。一面グリーンの芝で、週末には大勢のお客がゴルフに興じている。翌年には二つ目のゴルフ場を開く予定にしていた。

長男は成金らしく派手な生活をしていたが、金儲けの才能があるらしく、生き生きと働いていた。幽霊の源蔵さんは長男が元気で生活できていることにホッとしながらも、自分の夢とはかけ離れてしまったゴルフ場の真ん中で涙を流した。

次男は愚図で残された財産のうち、耕作に一番適した土地を借金の形に取られ、今では沢の辺鄙なところで細々と生活していた。周りはうっそうとした森、湧水を頼りに水道もなく、電気がやっと。牛、羊や豚、鶏を飼い自給自足の貧しい生活。家も土壁が落ちそうなあばら家で、湧水の周りには水芭蕉や花菖蒲が咲き、沢ガニやサンショウウオが棲み、自然がそのまま残っていた。湧水のほとりで幽霊に姿を変えた源蔵さんはそんな次男の不甲斐なさに涙を流した。

長男がまた新しい事業を始めるらしいと知った源蔵さんは、これ以上自然を破壊する儲け仕事に我慢ならなくなった。金の亡者になってしまったのか、一言言ってやりたいと思い神様仏様八百万の神仏に頼んだ。すると「生きた人間と話したときから幽霊でいられなくなる、息子たちと話したら二十四時間以内に天国へ戻れ」と神仏は言い放った。

源蔵さんは二人の様子を見ていて、どうしても二人の気持ちを確かめ、自分の夢を果たしてほしいと思った。長男がぐっすり眠っている仏間に源蔵さんの幽霊はいた。

長男は夢うつつ、父親を見た気がした。

「おやじどうした、生きていたのか」

「幽霊じゃよ」

「幽霊？　俺は親父に化けて出られるような悪いことはしていない。そうだ、俺の事業を見てくれたか、親父の夢を受け継ぎ有効に土地活用をして、ゴルフ場は成功した」

「そうか」

「今度はフラワーパークを作るつもりだ」

「フラワーパーク？」

「遊園地みたいなものだね。ここは空港に近いし、見晴らしも良い。日本中の花を集めて，温室も作る。周りはひまわり畑にするよ。レストランも作るんだ」

長男は自分の夢を延々と語りだした。親父の夢を受け継ぐと言われ、源蔵さんは昔、そんな話を寝物語に息子たちにしたことを思い出した。これは自分の夢の実現だったのかとびっくりした。

次男は狭い家の奥間に寒そうに寝ていた。源蔵さんが枕元に現れると、うっすらと目を開けて声をかけてきた。

「おやじの幽霊か？」

「そうじゃ、心配で見に来たよ」

「親父の言いつけ通り、沢を守り、自然の中で生きているよ」

「沢を守っている？」

「沢の水資源である森を買い取ったんだ。上の土地を売らなければならなかったけど、森のおかげで湧水は切れることがない。森が伐採されそうなので、借金しても守ろうと、思い切って、森を買って良かったよ。自然は素晴らしい。ここでは野菜も家畜も元気に育っているよ。兄貴がレストランを開いたら、有機野菜を使ってもらえそうなんだ」

次男も源蔵さんの夢を受け継いだと言い、自分の夢を延々と話した。源蔵さんはまたもや、昔、そんな話をしたことを思い出し、びっくりした。

源蔵さんの幽霊は丘の上のクルミの木のてっぺんの枝に座っていた。開墾前から自生していた老木だが、今でも実をつけている。自分の夢は何だったのだろう。夜空の星を見上げながら、何遍も考えた。確かに息子たちには、たくさんの夢を語ってきた。二人の息子は二人とも口をそろえて父の夢を実現していると言う。でもそれは源蔵さんの夢ではなく、息子たちの夢の実現だった。

考えてみれば、この地に開拓に入ったのは源蔵さんの父親の時代、源蔵さんは二代目だった。生まれ故郷の川が氾濫し、田畑を失った。北の大地で原生林を開墾し、一から始めると決めた父親が何を考えていたか、今ではおぼろげで定かではない。熊笹に野火を放ちながら、親父は何を夢見ただろう。

故郷から果物の苗木をたくさん取り寄せ、大きな果樹園を作った。源蔵さんの子どもたちはその果物で無事成長したのだ。

「人間死んでしまえばおしまいか」

源蔵さんはやっとその思いに至った。息子の夢は源蔵さんが思いもしなかった形で実現されている。長男は観光農業を語り、次男は自然保護を夢見る。二人とも父の夢と言いながら、自分の夢を追いかけている。その背中を押したのは「親父なんだ」と言う。親が死んでも夢は姿を変えて繋がっている。

自分も親父の思いなど心中になかったかもしれない。数年に一度襲ってくる凶作に悩まされ、完熟していない麦を青田刈り、飢えをしのぐ苦しさ。

何とかしたい！　思案の末、思いついたのが畑作以外の現金収入を得ること。酪農、ハッカの栽培、家族を巻き込んでチャレンジの連続。朝早くから夜遅くまで、毎日過酷な労働に耐えた。軌道に乗せるのに十年かかった。そして源蔵さんは不治の病に侵されてしまった。悔しかった。

命がけで取り組んだ源蔵さんの農業は、今は形さえ残されていない。

源蔵さんはクルミの木のてっぺんで得心した。親から子へ思いを繋いできたつもりだった。が、それは同じ形とは限らない。変化しなければ生きていけないのだろう。

「息子もいずれは死ぬ。するとその子がまた姿を変え、夢を繋げてゆく」

神仏との約束の時間が近づいてきた。源蔵さんは二人の息子が住む家をもう一度眺めながら

「新しい夢も、まあいいものだ」

微笑みながらゆっくりと消えていった。

風のいざない

浅い眠りの中で、また故郷の夢を見ていた。

某大学病院の個室。胃癌が再発したのか、持病の喘息もあり、呼吸困難が続いていた。今は酸素吸入器をつけて、少し楽になった。

俺も終わりが近いかなと宗助にしては珍しく気弱になる。そのせいか、眠りにつくと必ず幼いころの夢を見るようになった。

生家の東側には広い原生林が残っていて、その森は高台にもかかわらず、数ヵ所から湧水が出て集まる沢があった。

粘土が露出した崖下の西側と北側の地中から豊富な地下水が湧出し、三角形の湿地を作り、アキタフキや野セリが群生、沢を囲む急斜面の丘からはワラビやアイヌネギ、ウド、たらの芽などが採れた。沢は森閑とした時が止まったような静けさで、湧水がちょろちょろと小さな流れを作り、さらに奥の沢に下ってゆく。そのかすかな音だけが静止画の中で唯一の動き。この小さな流れは他の川と合流し湖に。その先は網走川、オホーツク海に注いでいると父親がいつか話してくれた。

地球が誕生し、植物が地表を埋め尽くしたときから、この沢はあったのだろうか。北の大地に足を踏み込んだ祖父が、この地を開拓地として選んだ最大の理由がこの沢で水を確保することができたからであろう。

「デデーポッポー」

と山鳩が静寂を壊す。

「チチチチッ」

名のわからない小鳥も加わった。祖父が造ったであろう池が湧水の先にあり、蛙やオニヤンマ、サンショウウオなど、野生の小動物たちの楽園だ。木漏れ日が、池の水面を鏡のように光らせる。

南風が森の谷をさらうように吹いてくると、春遅い北国は何もかも一斉に活気づく。梅も桜もつつじさえも順番を待たずに咲き競う。宗助は飽きもせず、池のほとりにたたずむ。まだ小学生だ。親の畑仕事を手伝えの声を逃れ、沢に足を運んだ。池の浅瀬でオタマジャクシが渦のように群れ、蛙が鳴く。水面をミズスマシが花菖蒲や葦の隙間を器用に移動する。

小石を拾い水面に向け水切りする。五回バウンドして消えた。と、池の深いところに長いヒモが揺れている。何だろう、目を凝らすと、ヘビだ！ 捕まえてやると池に向かって突進した瞬間、目が覚めた。

何度も繰り返し夢見る原風景。入院が長引いて一ヵ月になる。宗助はうんざりしていた。検査入院のはずが、肺に水がたまり、全身のむくみがまだとれない。起き上がってトイレに行くにも呼吸が苦しい。

弱気がまた押し寄せてくる。もう長くないかな。退院できないまま逝ってしまうかも。八十歳を過ぎ胃癌の手術を二度受けたが、すでに平均寿命は超えた。医者も今では暗に年齢だからとほのめかす。

諦めと……未練と……揺れ動く。

若いころに胸を患い、健康には自信があるほうではなかった。だから漢方薬やヨガなど我流ながら体力維持に努めてきたはずなのに。

トイレからやっとの思いで戻りベッドに横になる。またうとうとし始めた。

一面西洋たんぽぽの花が埋めつくす小高い丘、春風がしきりに頬をなでる。そこだけ太陽の光が集まったように明るい。そのたんぽぽの中に一人の少女がうずくまり、無心にたんぽぽの花を摘んでいる。母親か、姉のお下がりなのか、少女は大きめのブラウス、そしてモンペをこしらえなおしゴム紐を入れた絣のズボン姿。ゆっくり立ち上がり、たんぽぽの王冠を満足げに見つめると、こちらを向いた。

確かにアキだ。俺はアキのことが気になってならない。宗助は自問した。真ん丸な小顔、目鼻立ちは可愛いが、美人とは言い難い。周囲に何人かいる女の子の中で、なぜかアキのことが心に留まる。田舎の子はおかっぱの子がほとんどなのに、アキは珍しく長いおさげ髪を三つ編みにしていた。

豊かな黒髪は背中まで伸び、学校では宗助は後ろの席にいる。ついいたずら気が出て、ノートを一枚破り、こよりにしてそっとおさげに結び付けて、ほくそ笑む。ひどいときはわざわざ校庭の雑草を摘んできて、おさげにそっと挿して喜んでいた。

いたずらされたと知るとアキは泣きまねをして見せるが、決して本当には泣いていない。すきを窺い、宗助の筆箱をさっと奪い、ぽいと床に捨てた。

「ふふふ……」と小さな笑い声さえもらしている。「いたずらのお返しよ」と暗に応えているようだ。

少女なのにすでに男の気持ちが手に取るようにわかっている。その振る舞いに俺の気持ちはいつしか浮き上がっていた。

俺はアキが好きだと宗助は自覚した。

風が吹き抜け黄色のじゅうたんを揺らす。宗助に気付いたアキがこっちに来てと手招きしている。宗助はゆっくり近づく。自分がアキを好いていることを悟られないように、無関心を装って。アキはそんな宗助の心の計らいなど気にも留めず、近づいた宗助の手を取り、その場に立たせ、背伸びしてたんぽぽの花の冠を宗助の頭に乗せ、満足気に頬笑む。と、唐突に抱き付いてきた。

「なぜ?」と心の中でつぶやく。

アキは「いいの、いいの」と目で言い、「好き」と宗助の胸に顔を埋めた。俺もお前が好きだと抱きしめたとき、目が覚めた。

至福の夢だった。アキを抱きしめたとき、身体のぬくもりまで夢の中で感じていた。

幼いころ、アキのことが気になり、しょっちゅういたずらをして泣かせていたが、やはり好きだったのだ。初恋というには幼すぎる年齢。アキから好きと言われたことなどないし、今では彼女がどうしているかさえ知らない。自分の胸の内に埋もれ、忘れていたはずなのに。明日がわからない事態になって、芽吹いてくるとは。

死期を予感し始めたせいだろうか。最近見る夢は幼いころの懐かしい原風景ばかり。決して恵まれた少年時代だったわけではないのに。啄木がふるさとの山はありがたきかなと詠ったように、朝に夕に眺めた山々を思い出すと心が癒されていく。

この年になるまできれいごとばかりではなかった。えげつない仕事もしたし、女も一人や二人は泣かすような仕打ちをしてきた。

だからこの年まで生き延びてきたのだ。思い出すには切ないほど、自分ながらよくがんばったと褒めてやりたい。小規模ながら中古物件販売専門の不動産屋を興し、今は息子に任せている。しかしそんな有象無象は夢には出てこない。

「点滴終わりましたよ」

いつもの看護師が笑顔で宗助を見下ろしていた。

「何か夢を見ていた？　楽しそうだったけど」

点滴を片付けながら、元気になってきているみたいねと励ます。もう一度故郷の空気に触れたい。ベッドに縛り付けられたまま終わりたくない、百年でも千年でも生き続け、この世の変化を見届けたい。人間１００％死ぬと誰が決めた。俺だけは例外であってほしい。

家に帰りたい。体力を回復させよう。まずベッドから降りることだ。トイレに行くにも苦しい。呼吸が乱れる。負けるものか、少しずつ歩く回数を増やしてゆく。

生きようという精気が蘇ったのか、脚が一歩一歩前に出るようになった。トイレの行き帰り、廊下を遠回りして、歩く距離を少し延ばしてみる。何とか部屋まで辿り着けた。

毎日少しずつ歩数を増やしてゆく。廊下の奥に上階に行く階段があった。手すりに縋り付き点滴の管が伸びる範囲で上り下りをしてみる。看護師さんが無理しないでねと心配顔で見守ってくれていた。

少しでも動いたせいか食欲も出てきた。退院を目標に食欲がなくても完食するように努めた。おかげで点滴も中止され、管から解放された。

とにかく家に帰る。そうして最後の望みは、もう一度故郷の山をこの目で見たい。

人間どんな状況でも目標を持つと、どこからか力が湧いてくるもののようだ。

「顔色が良くなったなあ」

訪れた息子も安堵する。宗助の退院願望はますます強くなってきている。歩く。

とにかく病院内をくるくると回ってみる。階段を上り下り、外の空気も吸った。息子は顔を見せるたび退院の見通しをしつこく聞かれ、困り果てていた。

息子は主治医に呼び出された。新たにリンパに癌の転移が見つかったという。八十五歳の高齢では温存療法しかなく、もう長くはないでしょうと宣告された。このことを息子は本人には伏せた。故郷に行きたいと懸命な宗助に本当のことを言うのは酷すぎた。

自宅に近い町医者に転院した。ときどき急に呼吸困難になり酸素吸入を必要としたからだ。

宗助の妻は昨年他界し、宗助が退院しても不動産屋の事務所兼住居にしている戸建ての家に一人暮らしに。在宅介護の見通しはまったくない。息子自身も晩婚で子どもも幼く、共稼ぎだったから一日でも長くおとなしく入院していてくれないかと願う。介護保険などの手続きもまだ済んでおらず、厄介だった。

宗助は強引に退院した。医者も最後は自宅が良いだろうと、無理に引き止めなかった。

息子がスーパーから惣菜や冷凍食品を毎日買い置きしてくれたが、炊事、洗濯などの家事は宗助がした。介護申請に手間取り、ヘルパーの訪問介護を受けるにはまだ時間がかかりそうだ。

少し動くと息が苦しい、疲れがどっと出る。

リビングのソファに横になって休む。テレビが時計代わり。テレビで『千の風になって』という写真集の紹介をしていた。苦しい息を吐きながら画面を眺める。故郷の景色に似た美しい光景に同名曲の歌詞がテロップで出る。

私のお墓の前で
泣かないでください
そこに私はいません
眠ってなんかいません
千の風に　千の風になって
あの大きな空を、吹きわたっています

宗助はこの歌を初めて聞いた。泣かないでください、死んでなんていません、鳥になり光になり夜には星になる。作者不明だというこの歌。自然は精霊で守られ、命は再生され、輪廻転生する。死者はまず風になり大空で吹きわたっている。

宗助は永遠の命など信じていなかったが、今はなぜか心が癒され安堵する。似た話をどこかで聞いた気がするが。

そうだ小学六年生の修学旅行だ。阿寒周遊で、アイヌのコタン（集落）で熊祭りの再現を見た。大地はカムイ（神）のもの、自然界すべてに精霊が宿り、命は循環し不滅という。ガイドが説明する間、土産物の木彫りの熊が大量に並べられた前で、アイヌの民族衣装を纏い、頰に刺青をした女性がムックリ（口琴）を鳴らしていた。熊笹で覆われた小屋の中、ビュヨンビュヨンと風が吹いたときのような頼り気のない音色が、響いていた。

祖父が開墾した故郷は本来カムイのもので、あの沢も精霊に守られていたのかもしれない。畑から美しい黒曜石の矢じりや斧が大量に出て、玄関の土間の隅に捨て置かれていたが、カムイを信じていたアイヌ民族の貴重な道具であったはず。夢に出る故郷の原風景がいつも神々しく瑞々しいのは自分のノスタルジーのせいばかりではないのかもしれない。精霊は今でも故郷に息づいていてくれるだろうか。テレビの映像は宗助に故郷の森や沢を思い起こさせ「精霊の棲む森」と重なった。

いつの間にか宗助はまた夢の中にいた。

生家の西側に公共の防風林が二キロほど、自然林で残されている。村の馬を集団で繋げられるように広めの柵も設けられていた。夕方、その防風林で、黒毛の馬が下草を食む。アオは二歳のメス、まだ若い。二頭いる農耕馬のうち、栗毛の一頭は出産を控え、馬小屋にいた。アオも夕方には馬小屋に連れて戻る。野犬や馬泥棒に狙われるし、乾燥餌も与えなければならない。

家まで歩いて馬を引いて行くのは面倒だ。鞍はないが手綱はしっかりついている。よし！　このまま丘をひと駆けしてやろうか。宗助は小さな体で裸馬にまたがった。

アオよ、さあ走れ！

宗助は馬の腹を蹴った。最初は戸惑っていたアオも思いっきり駆け始めた。夕方の風が涼しい。頬に心地よくなびく。

「もっと速く走れ！」

宗助が声を上げると、アオがスピードを増し、何と防風林の一角に張り巡らされていた柵を飛び越えてしまった。途端、宗助は馬から振り落とされ、思い切り大地に叩きつけられた。背中を打ちつけられ身動き一つとれず、息ができない。左手で喉を押さえながら震える右手で虚空をつかもうとする。

宗助は苦しくて意識が遠のいていく……。

「まだだ……まだ……」

右手の先にある空は美しい朱色に染まっていた。

その晩、宗助は自宅のソファで意識のないまま息子に発見され、大学病院に緊急搬送された。集中治療室には主治医がしきりと出入りしている。そのうち家族が呼び寄せられ、今夜が山だろうと説明された。

いったんは小康状態を保っていたが、深夜に急変した。主治医が慌ただしく駆けつけてきたがもはやできることはない。病室のカーテンを閉め、時間を確認し宗助の家族に深々と頭を下げた。

「三時五十分、ご臨終です」

「ありがとうございました」

反射的にそう応えた息子は、父親のまだ温かい手を取り、転移のことを本人に話さなかったのは正解だったなとつぶやいた。八十六歳目前、残念ながら故郷の山を見に行く願いはついに叶わなかった。もっと親孝行をしてやりたかった。そんな想いがふつふつと湧きつつも老父の死を息子はまだ実感できずに呆然としていた。

しかし、宗助はすでに千の風になって故郷の麦畑にいた。昨年の秋に蒔いた小麦が丘一面日差しをたっぷり浴び、順調に背丈を伸ばし、風にもてあそばれている。

ただ、森も沢もとうの昔にない。宗助の育った故郷はトラクターで耕作できるように均平という工事が行われ、なだらかな広大な農地に変容していた。それは宗助自身二十年前に訪れたときにすでに承知していたことだ。でも心配はいらない。千の風になった宗助は時空を超えられる。どこへでも好きなところに飛び越えられる。今は麦の葉先を波のように揺らし童子のようにすべり戯れている。さあこの勢いで時空を超え昔に戻り、森から谷を渡り、あの沢に遊びに行こうか。

「息子よ、私はもうそこにはいない。望み通り千の風になって故郷に帰ってきたよ。そして、心配するな。百年でも千年でも、大空で命を繋いでゆくから」

包丁研ぎ屋

五月に入ったのにしとしと長雨が続いた。

今日こそはと待ち望んだ五月晴れのはずが、雨続き後の猛暑で、湿度がめっぽう高い。

埼玉県中部の桶川市にある某スーパーの軒先を借り、茂三は刃物研ぎをしている。軽のワンボックスカーに電動の丸い砥石を二台、仕上げ用の砥石は縦に三台設えてあり車の中で作業ができるようL字型に配置。その車の中で茂三は大きな体を丸めて、粉塵を吸い込まないように鼻と口を塞ぐコップのような特製のマスクを着用、頭髪もタオルで覆っている。その様はまるでパンダのよう。蒸し暑さで汗がしたたり落ちる。

車の後ろのドアを撥ね上げ、刃物研ぎの看板と木製の長いすを近くのアスファルトに置きお客を待つ。大きなデジタル時計が車の天井からつるされている。お客が何時に刃物を持参したかを確認したり、仕上がり予定時刻を事前に約束したりするため、茂三とお客の双方がすぐ時間を見られる場所に工夫して置いた。

高さ三〇センチ程の受け付け台は茂三の手作りでいくつもの仕切りをこさえ使いやすくできている。今日もすでに受け付け台には、何本も包丁や枝切り鋏が並んでいる。

一〇時から四時が受け付け時間だが、早めに並んで夕飯の支度に支障がないようにしたいと考えるお客は多い。一〇時を待たずに受け付けを始め、研ぎ作業に入るのがほとんど毎日だった。

「馬鹿と鋏は使いよう」という諺があるように、刃物の扱いは慎重にしないと思わぬトラブルのもとになる。ミルクパックを上手に加工して刃物の鞘を作り、そこに名前と電話番号を書いてもらう。世の中同じ苗字は多いもの、念のため名前はフルネームにしてもらっていた。研ぎ賃は前払い、研ぎ上がりの時間をおおよそ伝えておく。最低でも一時間は余裕をみて、急ぎでない限り二時間もらった。この仕事を始めてもう一〇年になる。

長年小売業の仕入れを仕事にしてきた。担当は日用雑貨が主だった。もともと好奇心の強いたちで、刃物にも精通していた。定年を待たず早期退職の制度を利用、割増の退職金を得て五〇代で研ぎの仕事に転じた。プロの元で半年修行し、独り立ちした。

最初のころは研ぎの仕事をやらせてもらえる場所探しがまず容易でなかった。研ぎ賃の一〇％から二〇％を場所代として納める。地味な仕事だから簡単には客はつかない。事前に店内に研ぎの告知ポスターを貼らせてもらい気長に客が増えるのを待つ。はじめチラホラだった客も丁寧な研ぎは口コミで広がり、一〇時前から並ぶ客も増えた。

客数の多い店は一日一〇〇本も研ぐが、上限を一〇〇本と決め、それ以上は誠に申し訳ないが次回にとお断りしている。さすがに一〇〇本も研いだ日は体がガタガタになり、見かねた妻の紘子が店の混む日は受け付けの応援に入ってくれるようになった。

今日のスーパーは客数もそこそこ、繁盛店とは言い難い。自然と茂三の研ぎの本数も控えめになるが、それでも隔月にしか来ない包丁研ぎに常連さんが増え、なんだかんだ四〇本から五〇本は請け負うことになる。

常連さんになると、顔を見る前に刃物を見て、どこの誰かわかることさえある。持ち主の暮らし向きが刃物に現れていた。鋼に赤錆の出たもの、刃こぼれあり、使いこなして細くなった包丁など様々だ。近年はテフロン加工の刃物も多いが切れ味はいまいち。研ぎに出されても丁重にお断りしている。

午前中にかなりの本数の研ぎ依頼が入り、スーパーの惣菜弁当を買い、急いで昼飯をかっ込んだ。早めに残りを片付けてしまおうとの目論見をして、すぐ電動の砥石を回した。荒砥石で鋼を立て、中目で研ぎ、極細目で仕上げる。カタログや新聞紙を手元に置き、刃を当てて研ぎの具合を何度か確認する。当たった瞬間に紙が切れるまで。茂三は手抜きをしない、本人がよしとするまで研ぎ具合を見直した。

日差しがまだ強い午後、三十代くらいの女性が菜切りと牛刀を持って声を掛けてきた。

「初めてなのですけど、どのくらい時間かかります？」

「そうですね、今ちょうどまとめて持ち込まれたお客さんがいて、二時間くらい欲しいですね」

「二時間？　四時過ぎますね」

ちょっと待ってくださいと女性は受け付けを離れ、自分の自動車のところに歩いて行った。中に乗っている老婦人と何やら話していたが、うなずいて戻ってきた。それでも受け付けで思案顔を続けていたが

「実は母の包丁なのです。母は車いす生活なもので、自分では取りに来られない

んですけど。私も子どものお迎えがあって……スーパーのカウンターに預けていただけないでしょうか。どうしても包丁の切れ具合が気になっているらしいの」

熱心に説明されると茂三も断ることも憚れ、作業の手を止め娘だという女性と向き合った。

「相すみません、このスーパーは預かりお断りなんですよ。どちらにお住まいですか。帰り足にお届けしましょうか。五時過ぎになりそうですが……」

また余分な仕事を引き受けてしまうと内心思いつつ、茂三は切り出していた。

「そうしていただけますか。本町二丁目のA店の西側にある家なのですけど」

地図を書き置き、玄関ではなく庭から入って掃き出しのガラス戸を開けてくれと言い残して車に戻っていった。刃物は二本とも使いこなした立派なものだった。

車いすの生活と話していたが、自分で料理しているとはたいしたものだ。茂三はすがすがしいものを感じ、二本の刃物を最後に研ぐように並べなおした。

研ぎの注文は午後より午前が多い。主婦としては面倒なことは早めに終わらせておきたいものなのだろう。午後はいつものんびりできるのだが、今日に限って午後も本数が減らない。手抜きの嫌いな茂三は枝切り鋏の研ぎに集中している。

滅多に使われなかったのか錆と刃こぼれのある厄介な代物で時間ばかりが過ぎて

ゆく。

「これお願いします」

小学五年か六年くらいの少年が、大きな声で新聞紙に包まれた物を差し出してきた。

「初めてなのかな？」

茂三は少年が研ぎを依頼してきたことに不自然さを覚え、近くに親がいないか目で捜す。茂三の質問の意味が理解できないらしく、少年は困った顔を作っている。

「お母さんかお父さんと買い物に来たの？」

「お母さん……」

預かった刃物を確認しながら、茂三は少年に優しい声でうながした。

「初めてのお客さんには、受け付けで説明したいことがあるので、すまないがお母さん呼んできてくれる」

幼い少年に刃物を預ける親はどんな親なのだろうかと、怪訝な気分で刃物と少年の顔を交互に見ながら少年の答えを待ってみる。刃物は牛刀二本、うち一本に大きな刃こぼれがあり、これを直すのは容易でない。手間が掛かるのと研ぎ代も上乗せしてもらわなければ受けられない。何かわけでもありそうに、しばしうつむいてだんまりを続けてから「呼んでくる」と思いを決めたように少年が店内に駆けていった。

一五分ほどして母親を伴い戻ってきたが、くたびれたTシャツに太すぎるジーパン姿、化粧気もなく、少年の年齢から想像していたより老けていた。

「……役立たずね」

少年との会話にもイラつきがみえ、生活の疲れか顔色がさえない。

「何が必要なの」

茂三にも切り口上で聞く。ミルクパックの手製の鞘を二枚取り出しながら、茂三は簡潔に説明し、相手の出方を待った。母親は意外とすんなり納得してくれた。手製の鞘に「原田安子」とフルネームと携帯番号を書き、研ぎ代一五〇〇円を財布から出し、出来上がりの時間を訊いてきた。

「四時半過ぎますかね」

その茂三の返事に、途端に渋い顔になった。

「お客が来る予定なのよ」

少年とまったく同じように、うつむいていつまでも考えこんでいる。茂三ももう面倒くさくなり、他に一軒届ける約束をしているので近くならお届けしましょうかとつい言ってしまった。

「そうして」

子供のような言葉を返し、地図を描きだす。

「少々遅くなるかもしれませんが、在宅されていますか？」

ちょうど茂三の帰り道にあたる場所で、念を押した。

「今日はいるわ」

また短い返事しかせず、そそくさと少年を急がせ、駐車場に向かって去った。

二軒も届けを請け負った茂三は早々に研ぎを終えようと精を出し、四時半過ぎにはすべて渡し終えることができた。

ここは最初の届け先、本町二丁目の岸和田さとの家、さとは帰宅していた。さとの家は車いすで動き回るのに困らないように家全体が手製のバリアフリーにされている。

さとはモップを取り出し、床の埃を気にして器用に車いすを動かしゆっくり拭いてゆく。

刃物の研ぎ屋でも客は客だ、少しでもきれいにしておきたい。八畳間二つは、引き戸を開ければワンルームとして使えるように作られている。西側の部屋にベッド、もう片方はリビング、車いす生活に邪魔になるものは置いていない。テレビと小さなソファと机。もう二〇年車いす生活だった。

昨年、長年連れ添った夫に病死され、近所に娘夫婦が越してきた。普段はまったく一人暮らしだ。さとがなぜ車いす生活になったのかは、親しい近所の人やヘルパーも知らない。

南庭の引き戸のガラスがコンコンとノックされ茂三が届けに来たことを告げてきた。

「包丁研ぎ屋ですけど」

「開いていますから、どうぞ」

上背のある茂三は戸を開け、車いすのさとに目線を合わせるように姿勢を低くした。さとはお地蔵さんのように、こじんまりと品よく車いすに鎮座していた。

ご利用の礼を述べ、お届けの品物の確認をしてくれるよう刃物を鞘ごと差し出すと、

「お急ぎですか？　冷たいお茶があるんですけど。ほんの少し上がって休んでいきませんか」

さとはおだやかな笑顔で迷いなくお茶に誘った。

「私、人とお話しするのが好きなの。一五分でお帰ししますから」

いつもなら決して客の家には上がらない。一五分で帰すとの断言とさとの爽やかさに魅かれ、ついつい喉を潤す誘惑に負け、茂三は庭から直接リビングに入った。

机の上にはコップが、すでに用意されていた。

さとは冷蔵庫からペットボトルの麦茶を持ってきて、危な気なくコップに注ぎ、茂三に勧める。茂三がさとの包丁を褒めると、

「昔は自分で研いだものだけど、今は無理ね」

嬉しそうに話す。

さとは立てかけてあるモップを見て、掃除が途中までしかできず、茂三の来訪までに済ませようとしたのに残念と言う。が、室内はどこもきれいで汚れはない。冷たい麦茶で喉を潤しながら、失礼のない程度に部屋の中をそれとなく見渡すと、洗濯物の干し方に茂三は驚いた。

机の引き出しを開け、そこに丸細い棒を差し込み、タオルや下着が干されている。ベッドの下にはいくつものポリバケツがあり、その中に洗濯物が上手に収納

されていた。あちこちに長いトングが立てかけてあり、車いすから遠いところにある物はトングを使いこなしているようだ。

「私は、食いしん坊だから、料理は自分でしたいの」

キッチンの流し台は車いすに合わせた低いものだ。

肩の力が抜けているというか、無駄がない。なのに活き活きしている。しかも二〇年も車いす生活だという。

初めての訪問だが、茂三はいつの間にか、古い付き合いのような落ち着きを、快感として味わっていた。

「昨夜はベッドから落ちて、もうダメかと思ったわ」という深刻な話を、さとはへらへら他人事のようにした。

わずか二〇センチのベッドと壁の隙間になんと転がり落ちてしまった。さとはいつも枕元に電話の子機を緊急連絡用に置いている。

それも一緒に転がり落ちた。身動き取れない姿勢で、どうしても子機に届かない。明日は朝から出かけると確か娘夫婦は話していた。

今連絡しないと助からない。

「それがね、やっと子機に手が届いて、娘夫婦に連絡して救出されたの」

昨夜の話を、昔話のように愉快に話す。

もうとっくに一五分過ぎている。時計を確かめ茂三が辞そうとすると

「私ね、人間産まれてくるとき、神様が赤い小さな玉のような薬を一粒握らせてくれたら良かったのにって、思っているの」

上げかけた腰を途中で止め、さとの顔を正視すると、

「それはね、もういいと自分で決めたときに、静かに眠るように、あの世に逝かせてくれる赤い小さな玉の薬」

さとは事も無げに言った。茂三は胸が苦しくなる、似たような話を強い痛みを伴って、思い出したからだ。ずっと胸に閉じ込めている悲しみ、後悔かもしれない。ずきんずきんと痛む胸の内を宥《なだ》め、何と返答すればと回答の見つからない顔をしている茂三に、さとは軽やかに話を閉じた。

「神様にはおまけとかご褒美ってないのね。あれば楽しいのに」

さとは茂三との会話を、いかにも楽しんだふうで

「今日は、研ぎ屋さんと話ができて、なんてラッキーな日かしら。またお茶してくださいね」

柔らかな笑みの表情で茂三を送り出した。

太陽は西に傾き始め、庭の芝が青く光り、隅に石楠花《しゃくなげ》が今満開か、夕日を受け、赤味を増し、咲き誇っている。花の命は短い、そんな憂いをものともせず、命を輝かせている。

小さな玉の薬も、石楠花のような赤い命の色なのではと茂三の胸をよぎった。長年の車いす生活で培ったものか、さとの生き越し方は潔い。その感慨を心に収めながら、茂三は二軒目の届け先を探していた。

原田安子の家は貸家なのか、同じ造りの古い家が4軒並んでいる外れの家だった。玄関にチャイムはない。来訪を告げようと引き戸に手をかけたとき、家の中から語気の荒い女の声が聞こえた。

「なんであんたが来るわけ！　本人が来ない理由は何よ」

「もう、あんたの顔も見たくないんじゃない」

冷ややかな、勝ち誇ったような女の声が返ってきた。

「こんなもの！　子どもだっているのよ。産んだこともないあんたにはわからないでしょうけど」

とんだ修羅場に遭遇してしまったらしい。

茂三は思案した、が、ともかく用だけ済ませて退散するしかない。大声を掛け、引き戸を開けた。

「お待たせしました。研ぎ屋ですけど」

狭い玄関があり、すぐ和室で、そこにテーブルを向かい合わせに女が二人座していた。

安子は興奮した顔のまま茂三を見た。

研ぎを依頼していた、そのことを思い出す。

落ち着こうと目の前のコップの麦茶を一気に飲み、それでも相手の女を睨みつけながら立ち上がった。その女は安子に負けずと冷淡を装い、言い放った。

「もうあんたの心配の種のすずちゃんもいないんだから、好きに生きたらいいんじゃない」

その一言に安子は形相を変えた。玄関先で包丁を持参した茂三のもと、安子は転がるように来ると、いきなり包丁をもぎとり、手製の鞘をはらい、女に向けた。

「もう一度言ってごらん！　殺してやる」

その手元は震えている。それまで冷静を装っていた女もヒッと悲鳴を上げ、腰から転がり奥の間に逃げた。茂三は首に巻いていたタオルを投げ、タオルごと包丁を叩き落した。そんなことも起こるのではないかと嫌な予感がし、構えていたのが良かった。

その場に崩れ落ち泣きだす安子に
「今日はこれで帰るわ」

と女は靴を履くのもままならず、引っ掛け履きにし、逃げるように出ていった。

テーブルの上には離婚届の用紙が乗っている。茂三は空になっているコップに水道の水を注ぎ、安子に差し出した。自分が引き起こした事態をまだ呑み込めていないように、安子は茂三の顔を見つめていたが、大きな息を吐きコップを受け取った。

「坊主は留守かい」と子どものことを案じて
「子どももいるんだ、短気はよくないよ」

こくんとうなずき、サッカーに行っていると答え、水を飲み干してから、初めて安子は茂三に礼を言った。

「結婚前から続いていたんです」

すがるように茂三に打ち明け始めた。

安子の夫、豊は一〇歳年上の女と一〇代のときから、深い仲になった。しかし、女は子どもを産めない体になっていた。子どもが欲しい豊は女と別れ、安子と結婚し、女の子に恵まれ、大層かわいがった。

それが子どもが成長するにつれ変化した。

すずと名付けた女の子が三歳になったとき、すずに障がいがあることがはっきりしたせいだ。

すずは知的障がいで三歳過ぎても、うまく話すことや遊ぶことができなかった。子どもを欲して結婚した豊の失望は大きく、徐々に家に戻らなくなってきていた。そんなときだ、安子が第二子の妊娠に気付いたのは。

豊は自営業で収入も少なからずあったので、お金だけは滞りなく振り込んできたが、障がいを抱えた娘とまだ幼い男の子を抱えた安子は両親に頼るしかなく、親の近くに引っ越してきた。年に一、二度顔を出す豊に配慮して、両親とは同居しなかった。

障がい児専用のスクールに通っていたすずは、もうすぐ中学生になろうとしていた。普段は無口で感情表現が乏しく、会話が成り立たない知的レベル。しかし花には興味を示し、花を摘むのを喜んだ。スクールの近くを流れる川岸には例年コスモスが咲き乱れる。

パートに出ていた安子のもとに、すずの事故の連絡が入ったのは、コスモスの花盛りのときだった。普段おとなしいすずがフェンスを乗り越え、川に落ちたという。

発見が遅く、救急車が来たときはすでに手遅れだった。スクールも警察も、すずが遊んでいたボールを落として、フェンスを乗り越えようとした事故だと判断した。ボールは川岸の草むらで見つかった。

安子はすずの死因についてある疑問を抱いたが、知的障がいのある娘には通用しない話だと、自分の心の中にしまってきたことがある。

それは、すずが初潮を迎えたときのことで、自分で始末のできないすずに対して大人になって良かったねと素直に喜ぶ気持ちより、また厄介が増えたという疎ましい気持ちが勝った。

「わたし、いないほうがいい」

すずが安子に何か話しかけてきた。日々の暮らしに疲れていた安子は、すずの話を適当に流した。

するとまた

「いないほうが、ずっといいよね」

今度ははっきり安子の耳に聞こえてきたのである。安子はどうしたのかと、すずの顔をのぞいてみた。しかしそこにはいつものうつろな瞳で母を見る娘がいた。急いでパンツを履き替えさせ、夕食の買い物に飛び出した。

「もしかしたら、すずは自ら死を望んだのじゃないかって思ってしまうの」

知的障がいのある子は、周りが思ってもみない行動をすることがある。動作ののろいすずが、フェンスをよじ登ってボールを取りに行くだろうか。

そんなことは誰にも言えないことだった。

そして今日、豊に代わって別れ話を女が持ってきた。慰謝料も養育費も出すという。離婚届には豊のサイン、押印が済んでいた。そして女が、すずの死は安子を楽にしただろうと口走ったことに激怒した。

なぜあのとき、すず、あなたがいてくれてよかったよと抱きしめてやれなかったのだろう。そうしていれば、これほどに苦しまなかったのではないか。茂三は辛抱強く安子の話を聞いてあげた。そして、自分も安子と同じだと号泣したかった。

話すだけ話して、安子はやっと落ち着いてきたようだ。この分なら刃物を渡しても大丈夫だろうと判じて、茂三自身の手でキッチンの扉にある刃物差しに二本の包丁を収めた。

「坊主においしい夕飯を作ってやってよ。そのために丁寧に研いだつもりだから」

決して二度と再び、人様に刃物を向けるような短慮な行いをしなさんなとの思いを込め、茂三は安子の瞳を優しく見つめ念を押した。

茂三の首に巻かれた汗臭いタオルで涙をぬぐう安子に、肩をポンポンと二度叩き
「また、いつでも研ぎに出して。隔月あの店に来ているから」

説教臭い話は一切せず、茂三は安子の家を辞した。

ただただ、話を聞いてあげた。それだけだった。茂三には、それしかできなかった。彼にも人に言えない秘め事があった。

大学生の長男を自動車事故で亡くしていた。

被災地ボランティアからの帰り、早朝の峠道。ドライブ中の居眠り運転で、自損事故との警察の判断に疑問はなかった。幼いころから成績優秀、東大にも一浪後には見事合格した。

友人も多く、ゼミのリーダー格、トンビが鷹を産んだ自慢の息子。それを一瞬の事故で失った。

葬儀後、彼の部屋に入り、一冊の大学ノートを見つけた。机の引き出しの奥にあった。

新しいノートの一ページ目にその文章は書かれていた。水性のサインペンで詩のように。

その文章を書くために用意したとしか思えないもので、他は白紙のまま、何も書き留められていない。

焦燥と虚無に怯えながら
若さは重荷だ
八分咲き、一番輝いているとき
誰にも悟られず、静かに幕を下ろす
人生は完璧でなく、未完がいい
しょせん、命は有限、早いか遅いか
若さが枯れ、うす汚れてしまう前に
これまで充分に生きてきたから
「早逝する」悪くない選択だ

自分の命の長さは、自分で決める

ノートを発見した茂三は、このことを家族、特に妻には言えなかった。一人胸に収め、ノートは自分の机の引き出しの奥深くに隠した。はっきり遺書とは書かれていない。しかし常日頃から息子が自死することを考えていたことは明らかだ。なぜ、何に絶望したのか、茂三は何度自問しても、回答が見つけられない。

本当に事故だったのではないか、あれは何かのメモだった、歌の歌詞かも。そう思ってみるが、警察の話でもブレーキ痕はなかったという。それゆえ居眠りと結論したのだった。

自分の意志で崖めがけて落ちていったのか。

もしそうなら、何という親不孝者か。全てにおいて優秀だった息子、彼にしか理解できない懊悩があったのだろうか。凡人である茂三には、悲しみしか残されていない。そして、十年という年月が諦めという言葉で、悲しみをいくらか中和してくれた。

家路に向かって車を走らせ、さとの赤い玉の薬と、すずの言葉が心の中を交差する。しょせん命は有限だから、今を生きるしかないのだ。

とりあえず、今日も一日、元気に研ぎの仕事を終えた。

やっと家に着いた。疲れた一日だった。車内ライトをつけ伝票を整理する。今日起きた事を漫然と考えていて、はっと気付いた。安子の母親としての嘆きは、自分の妻紘子にも当てはまるのではないか。自分より早く妻が息子のノートを見ていたとしたら、そうは考えられないか。

最愛の息子を亡くした母親なら、息子の暮らした部屋に行き、思い出を探すだろう。そしてノートを見つけ、疑問を抱いただろう。それを茂三に話さなかったとしたら、茂三の悲嘆を増したくなかったからではないか。

暗い車庫の中、車の窓ガラスに疲れた自分の顔が映る。すると茂三の脳裏に、満開の石楠花の前で、手のひらに赤い玉の薬を乗せ、魅せられたように見つめる息子の姿が浮かぶ。

ゆっくり茂三の方を振り返り、わずかにほほ笑むその目は淋しげだった。

茂三は自然に涙が出てきた。涙は止まらない。生きるのも苦行なのだと自分も息子を抱きしめてやりたかった。すでに叶わない願いが、何度も茂三の心を去来した。

「おかえりなさい。今日は忙しかったみたいね」

にこやかな笑顔で妻の紘子が買い物袋を下げ、戻ってきた。今夜は長女夫婦が孫の誕生日で夕食に来るという。いつも冷蔵庫が空っぽになるほど、あれもこれもと持ち帰り、紘子も喜んで持たせていた。まだしばらくは、この話は紘子には伏せておくしかないか。涙を、汗を拭いているかのようにごまかし、今日は疲れたよと甘えてみせた。

娘一家が嵐のように去り、夫婦二人はソファで残りの肴で酒を飲んでいた。酔いも回り、今夜の茂三はこらえ性がなく安子の泣き声が耳に残る。

「おまえ、司のノート見ていたんだろう」

紘子は怪訝な顔で聞いていたが、茂三が何を言っているのか理解すると顔色を変えた。

長い沈黙の後、こくりとうなずく。

「やっぱり。母親はそうだよな」

茂三は今日の出来事を簡単に説明し、すずのことも隠さず話した。そして息子の死が自殺だったのではないかと疑って、苦しんでいると吐露した。安子が苦しみ続けているように、茂三夫婦も本心では息子の死を乗り越えられずにいた。その証拠にこの十年間、息子の死について話すのは避けてきた。

「母親なら何か予兆というか、おかしいことに気付くことはなかったのか」

今夜の茂三は酔いもあり、絡むように妻を問い詰める。堰を切ったように、紘子は泣きだした。

「子どもに先に死なれたら、母親は自分を責めるしかないわ。『安全運転でね』って。そうひとこと言っていれば事故はなかったかもしれない」

紘子は涙が止まらない。鼻水をティッシュでチンとかむ。嗚咽を繰り返しながら
「私の育て方のどこがいけなかったの？　考えても、考えても、わからない。息子が自殺なんて想像できる？」

「……そうだよな」

「あなたこそ、男同士、飲みながらでも、人生を語ってくれればよかったのよ！」

紘子は火が付いたように逆襲してきた。仕事にかまけ、子育ては妻に任せっきりだったから、茂三に弁解のしようがない。余計な悲しみを妻に与えただけか。

「気付けなかった。力不足ですんません」

悲惨な一日になってしまった、涙がにじむ。ソファに横になると睡魔が襲って

きた。妻の紘子も茂三の気持ちがわかるだけに辛い。毛布を掛けてやり、そっと灯を消した。

数日後、ゼミの元メンバーから電話があった。顧問の教授が定年を迎え、教授の希望で送る会に司の遺影を貸してほしいと言う。司は再生可能エネルギー研究ゼミの発起人の一人だったから。

茂三夫婦は遺影を研究室に届け、十年ぶりに教授と対面した。精悍さは変わらなかったが、それなりに老いは隠せない。定年後はある企業の顧問になるという。

「司君にはずいぶん助けられました。再生可能エネルギーは注目度が高いのに、課題が山積みで、実は彼に期待していました」

教授は回顧して夫婦を労った。茂三はどうしたものか逡巡していたが、思い切って司のノートを教授に見せることにした。ノートを見た教授が驚きもせず、即答した。

「古い資料の裏に私が殴り書きしたものを司君が見つけましてね。自分のノートに書き写していたので、そんな駄文やめておけって言ったのを覚えていますよ」

「そうですか。遺書かと……」

教授はしばし沈黙の後、静かに語り始めた。

「これは私のことですが……若いということは傲慢なのですね。特に私は運が良かった。現役で入学、友人にも研究テーマにも恵まれ、大学院もすんなり。誰から見ても順風満帆なはずです。それがなぜかひどい不安感に襲われて。苦労知らずの反面、臆病になっていたのでしょうね。そんなときに書いた駄文です。お恥ずかしい。でもそんな思い上がりはすぐ粉々になりました。今は苦労の連続です。最近若い俳優が自殺して、遺書もなく話題になっていますね。人気絶頂でなぜ死を選んだのか、他人には理解できません。人間の心は複雑ですね。でも司君は心身ともに健全な若者でしたよ。もう還ってこないのが何より残念です」

教授は司の不在を惜しみ、二人を送り出した。

帰り道、茂三は教授の言葉を思い返した。

「俺がなぜ研ぎ屋になったか、司に話しておけばよかった。どんな刃こぼれも研ぎは蘇らせる。研ぎで刃が小さくなる程、貫禄が付く。だからなじんだ刃物を料理人は一生大切に使うのさ。傷つくことを恐れるなと言っておきたかったよ」

「私ね、受験で苦労しているお母さんの話、実は鼻で笑って聞いていたの。優秀なのは息子なのに。できが違う、傲慢にうぬぼれていたみたい。生きていてくれるだけで、それだけで、良かったのよね」

茂三は紘子の話に自分を重ね、たまらず空を見上げた。そのとき、風に乗り弧を描き大空に飛ぶトンビを見つけ、声を上げた。

「ほら、トンビ！　東京に。珍しいなあ」

近くに杜《もり》でもあるのか。都会でも逞しく生き抜いている。妙な感動を覚え見続けた。

健全な若者だったと教授は言ってくれた。教授が書いたものをなぜ写す気になったのかは謎のままだが、他人に話したことで、夫婦はずいぶん楽になれた。今でも息子を思うだけで胸が痛む。しかし受け入れるしかない。

「どうあっても司は自慢の息子よ。今年で三十二歳になるわ」

紘子は死んだ子の年を数え淋しく笑った。

それまでは腫れもののように司の話は避けてきた夫婦の間で、やっと息子の思い出話ができるようになった。親族の結婚式に参加した際も、司には好きな女の一人もいなかったのかねと今更ながら案じてみる。命は有限なのだ。いくつまで生きれば良いということはない。すずは一二歳、息子は二二歳、そしてさとは今七〇歳を超えているだろう。

研ぎ屋をあと五年は続けたいと望んでいたが、五年なんてすぐ過ぎてしまい、もうすぐ茂三も七十歳を迎える。

今日も暑い日だ。埼玉県西部にあるスーパーは繁盛しているので、研ぎの客も多い。妻の紘子に受け付けの手伝いをしてもらい、九時半過ぎから作業を開始した。開店前から並んで受け付けを待つ客が数人いる。その中にジャージ姿の高校生が並んだ。

「おじさん！　ごぶさたです。やっぱりおじさんだった！　母ちゃん喜びますよ」

何かのスポーツをしているのか丸坊主の若者が大きな声を掛けてきた。茂三が若者から刃物を受け取り鞘から出した牛刀を見て思い出した。

「前は桶川だったよね。引っ越したのかい」

「うん、中古マンション買った。母ちゃん作業所の指導員しているんだ。夕方には母ちゃんが受け取りに来るから」

母親が再会を待ち望んでいたと告げ
「メールしておくよ。おじさんに会えるよって！」

若者は代金を払い、何の屈託もなく、高く上げた手を振って走り去った。手作りの鞘の電話番号は二本線で消され、新しい番号が記入されている。「原田安子」元気にしていたんだ。一年一年、自分も年を重ね、研ぎの仕事も楽じゃないが、今日のような出来事に出会うと、研ぎ屋冥利に尽きる喜びを味わえる。

岸和田さととも、包丁研ぎを終え、届けがてら何度か一五分のお茶をした。ウイットに富んだ話が好きで、一五分間のお茶は茂三も楽しみにしてきた。さとの夫は着道楽でタンス一棹の衣類が残されたが、処分するのも大変。さとは自分で一回着てからゴミに出していたと笑う。

「男物のパンツも平気で穿いちゃう」

想像外の言葉を平気で言う。

「凶作で食物が何もなくなったの。イラグサのおひたしはほうれん草みたいでおいしかったわよ。あの味は死ぬほど空腹でないとわからないと思うけど」

イラグサは棘のある山の雑草で嫌われもの。

さとの話は悲劇もユーモアになった。今は一人暮らしをやめ施設に入っている。グループホームで、比較的元気な入居者が多いらしく、今は仲間とお茶をしている。

息子の祥月命日、茂三夫婦は車を走らせ、事故の現場に立った。大きくカーブした崖の道にはガードレールが長く廻らされていて、道の下の草むらにキスゲとアザミが点々と咲いている。

息子よ、俺たちの行く末を千の風に乗って見守ってくれ。それだけで俺たちは充分だから。

天を仰ぎ祈った。研ぎ屋で儲ける気はない。体力が続くなら、もう少し研ぎ屋を続けてみるか。それも悪くない。お前もそう思うだろう。森の涼風が労るように、茂三夫婦の顔をなぜて通り過ぎ去っていった。

〈著者紹介〉
遠藤 トク子（えんどう とくこ）
北海道網走郡大空町に生れる。
中学 2 年に家庭の都合で母親と上京。
都立赤羽商業高校定時制卒。
東洋大学二部文学部国文科卒。
生活協同組合に 33 年勤務
2018 年より北本市市民文芸誌「むくろじ」にオリジナルのジャンル「老話」を投稿し始める。

癒《いや》しの老話《ろうわ》

2021年9月15日　第1刷発行

著　者　　遠藤 トク子
発行人　　久保田貴幸

発行元　　株式会社 幻冬舎メディアコンサルティング
〒151-0051　東京都渋谷区千駄ヶ谷 4-9-7
電話　03-5411-6440（編集）

発売元　　株式会社 幻冬舎
〒151-0051　東京都渋谷区千駄ヶ谷 4-9-7
電話　03-5411-6222（営業）

印刷・製本　中央精版印刷株式会社
装　丁　　歳岡ほのか

ISBN 978-4-344-93556-3 C0093
幻冬舎メディアコンサルティング HP
http://www.gentosha-mc.com/